Universität Heidelberg

Anzeige der Vorlesungen der Badischen Ruprecht-Karls-Universität zu Heidelberg 1872

Antigonos

Universität Heidelberg

Anzeige der Vorlesungen der Badischen Ruprecht-Karls-Universität zu Heidelberg 1872

Unveränderter Nachdruck der Originalausgabe von 1872.

1. Auflage 2024 | ISBN: 978-3-38698-825-4

Antigonos Verlag ist ein Imprint der Outlook Verlagsgesellschaft mbH.

Verlag: Outlook Verlag GmbH, Zeilweg 44, 60439 Frankfurt, Deutschland
Vertretungsberechtigt: E. Roepke, Zeilweg 44, 60439 Frankfurt, Deutschland
Druck: Libri Plureos GmbH, Friedensallee 273, 22763 Hamburg, Deutschland

Anzeige

der

VORLESUNGEN,

welche

im Sommer–Halbjahr 1872

auf der

Grossherzoglich Badischen

Ruprecht-Carolinischen Universität

zu

Heidelberg

gehalten werden sollen.

———

Die Vorlesungen werden den 15. April eröffnet.

HEIDELBERG.

Buchhandlung von Karl Groos.

Gegenüber dem Gasthaus zum Badischen Hof.

I. Theologische Vorlesungen.

Einleitung in die Apokryphen des Alten Testaments: Kirchenrath Hitzig; Mittwoch von 10—11 Uhr.

Erklärung des Buches Hiob: Derselbe; Montag und Dienstag, Donnerstag und Freitag von 10—11 Uhr.

Einleitung in das Neue Testament: Prof. Holtzmann; täglich von 7—8 Uhr.

Erklärung des Briefes an die Römer: Prof. Hausrath; Montag bis Donnerstag von 4—5 Uhr.

Erklärung der Pastoralbriefe: Prof. Holtzmann; Freitag und Samstag von 9—10 Uhr.

Erklärung der Offenbarung des Johannes: Kirchenrath Hitzig; Montag, Mittwoch und Freitag von 11—12 Uhr.

Allgemeine Geschichte der christlichen Kirche, erster Theil: Prof. Hausrath; Montag bis Freitag von 8—9 Uhr.

Allgemeine Geschichte der christlichen Kirche, dritter Theil: Prof. Gass; Montag bis Freitag von 8—9 Uhr.

Exegetische und kirchengeschichtliche Uebungen: Licentiat Sevin; Montag. Dienstag, Mittwoch von 3—4 Uhr.

Ueber das Wesen der Religion: Prof. Holtzmann; Samstag von 8—9 Uhr.

Christliche Ethik: Kirchenrath Schenkel; Montag bis Donnerstag von 9—10 Uhr.

Symbolik: Prof. Gass; Montag bis Freitag von 12—1 Uhr.

Homiletik: Kirchenrath Schenkel; Dienstag und Donnerstag von 11—12 Uhr.

Methode und allgemeine Resultate der Naturwissenschaften in ihrer Bedeutung für dogmatische Fragen: Prof. Pierson; Donnerstag und Freitag von 3—4 Uhr.

Vorlesungen und Uebungen im evangelisch-protestantischen theologischen Seminarium.

Allgemeine Einleitung in den Beruf des evangelischen Geistlichen: Seminar-Director Kirchenrath Schenkel; Montag von 11—12 Uhr.

Kirchenrecht, mit besonderer Berücksichtigung der badischen ev.-prot. Landeskirche; Stadtpfarrer Schellenberg; Montag und Donnerstag von 10—11 Uhr.

Praktische Auslegung ausgewählter Stücke des Neuen Testamentes: Seminar-Director Kirchenr. Schenkel; Montag v. 3—4 Uhr

Geschichte der Predigt, erste Hälfte, bis zur Reformation: Derselbe; Freitag von 11—12 Uhr.

4

Mittheilungen und Analysen von Predigten: Prof. Pierson; Mittwoch von 10—11 Uhr.

Homiletische Uebungen und Kritiken: Seminar-Director Kirchenrath Schenkel und Stadtpfarrer Schellenberg abwechselnd; Mittwoch von 11—12 Uhr, u. Dienstag von 10—11 Uhr.

Katechetische Uebungen und Kritiken: Dieselben abwechselnd; Mittwoch von 3—4 Uhr, und Prof. Holtzmann Donnerstag 3—4 Uhr.

Die Lehre vom Volksschulwesen, mit Einführung in die Schule, Prof. Holtzmann; Mittwoch von 8—9 Uhr und Freitag von 10—11 Uhr.

Uebungen im Interpretiren des Alten Testamentes: Kirchenrath Hitzig; Samstag von 10—12 Uhr.

Kirchen- und dogmenhistorische Uebungen: Prof. Gass; Dienstag von 3—4 Uhr.

Neutestamentliche Interpretirübungen: Prof. Hausrath; Freitag von 9—10 Uhr.

Gesangunterricht, mit besonderer Berücksichtigung des Choralgesanges: Musikdirector Boch; in 2 noch zu bestimmenden Stunden.

II. Rechtswissenschaften.

Encyklopädie und Methodologie der Rechtswissenschaft: Professor Sontag; Montag bis Mittwoch von 10—11 Uhr.

Encyklopädie und Methodologie der Rechtswissenschaft: Professor Brie; Montag, Mittwoch und Freitag von 10—11 Uhr.

Encyklopädie und Methodologie der Rechtswissenschaft, im Anschluss an Goldschmidt's Grundriss: Dr. Strauch; Dienstag, Donnerstag und Samstag von 7—8 Uhr.

Naturrecht (Rechtsphilosophie), nach seinem Lehrbuche (Grundzüge des Naturrechts, 2. Auflage): Prof. Röder; Montag bis Donnerstag von 7—8 Uhr.

Geschichte und Institutionen des römischen Privatrechts, mit Quelleninterpretationen: Geh. Rath v. Windscheid; täglich von 8—10 Uhr.

Pandekten: Prof. Karlowa; täglich von 9—12 Uhr.

Pandekten (mit Einschluss seines römischen Privatrechts) unter Bezugnahme auf die 3. Auflage seines römischen Privatrechts: Prof. Vering; täglich von 9—10, und von 11—12½ Uhr.

Pandekten-Repetitorium und Praktikum: Dr. Schott; Montag, Mittwoch und Freitag von 5—6 Uhr.

Deutsche Staats- und Rechtsgeschichte, nach seinem Lehrbuche (4. Aufl. 1871. 72.); Hofrath Zöpfl; täglich von 3—4 Uhr.

Deutsche Staats- und Rechtsgeschichte: Prof. Brie; täglich von 8—9 Uhr.

Deutsches Privatrecht mit Einschluss des Lehn-, Wechsel- und Handelsrechts (Deutsche Wechsel - Ordnung und allgemeines deutsches Handelsgesetzbuch): Geh. Rath Renaud; täglich von 11—1 Uhr.

Handelsrecht mit Einschluss des Wechsel-, See- und Versicherungsrechts: Dr. Schott; täglich von 8—9 Uhr.

Allgemeines und europäisches Völkerrecht, mit Verweisung auf Heffter's Lehrbuch: Hofr. Zöpfl; an den 3 ersten Wochentagen von 4—5 Uhr.

Völkerrecht (positives), nach eigenem gedrucktem Grundrisse: Dr. Strauch; Montag, Mittwoch und Freitag von 8—9 Uhr.

Politik: Geh. Rath Bluntschli; täglich von 10—11 Uhr.

Allgemeines Staatsrecht (Verfassungs- und Verwaltungsrecht) *und Politik*, nach seinem Lehrbuche („Grundzüge der Politik des Rechts", bei K. Groos hier): Prof. Röder: 6mal wöchentlich von 3—4 Uhr.

Allgemeines und deutsches Staatsrecht, nach seinem Lehrbuche (5. Aufl.): Hofrath Zöpfl; täglich von 7—8 Uhr.

Staatsrecht des deutschen Reichs: Prof. Brie; Dienstag, und Donnerstag von 9—10 Uhr.

Kirchenrecht der Katholiken und Protestanten, mit näherer Rücksicht auf die staatskirchlichen Verhältnisse Deutschlands, Oesterreichs und der Schweiz: Prof. Vering; Montag bis Freitag von 8—9 Uhr.

Kirchenrecht der Katholiken und Protestanten: Dr. Dochow; Montag bis Donnerstag von 8—9 Uhr oder in andern Stunden.

Criminalrecht: Geh. Rath Herrmann; täglich von 10—11 Uhr.

Ausgewählte strafrechtliche Lehren: Derselbe; Dienstag und Donnerstag von 5—6 Uhr, öffentlich

Ueber das Gefängnisswesen ist Prof. Röder bereit eine öffentliche Vorlesung 2mal wöchentlich zu halten.

Strafrecht: Prof. Sontag; täglich von 8—9 Uhr.

Strafprozess: Derselbe; Montag bis Donnerstag von 9—10 Uhr.

Strafprozess: Dr. Dochow; Montag bis Donnerstag von 9—10 Uhr, oder in andern Stunden.

Gerichtliche Medicin: cf. medicinische Wissenschaften.

Zu Privatissimis und Examinatorien erbietet sich:

Dr. Dochow: Ueber alle Rechtstheile.

Staatswissenschaftliches Seminar: siehe IV. F. Staats- und Cameralwissenschaften.

III. Medicinische Wissenschaften.

a. Medicinische Vorlesungen.

Osteologie und Syndesmologie: Prof. Nuhn; 4mal wöchentlich von 5—6 Uhr.

Anatomie des Menschen, II. Theil: Geh. Hofr. Arnold; täglich von 10—11 Uhr.

Anatomie des Foetus: Derselbe; 3mal wöchentl. von 12—1 Uhr.

Vergleichende Anatomie: Prof.·H. A. Pagenstecher; Montag, Dienstag, Donnerstag und Freitag von 2—3 Uhr.

Vergleichende Anatomie: Professor Nuhn; 4mal wöchentlich von 7—8 Uhr oder von 2—3 Uhr.

Cursus der mikroskopischen Anatomie: Derselbe; an 2 Nachmittagen von 2—5 Uhr.

Repetitorium der gesammten Anatomie des Menschen: Derselbe; 5mal wöchentlich in noch zu bestimmenden Stunden.

Experimentalphysiologie, II. Theil: Hofr. Kühne; an den 5 letzten Wochentagen von 9—10 Uhr Samstags von 11—1 Uhr.

Physiologisches Practicum: Derselbe; täglich Vor- und Nachmittags, ausgenommen Samstags Nachmittags.

Physiologischer Experimentalcursus: Prof. Wundt; 1mal wöchentlich; für die Theilnehmer am Laboratorium.

Physiologisches Laboratorium: Derselbe.

Histologie mit Demonstrationen und Experimenten: Hofr. Kühne; 4mal wöchentlich in noch zu bestimmenden Stunden.

Histologie: Dr. Frommann; 4mal wöchentlich von 10—11 Uhr.

Specielle pathologische Anatomie: Prof. J. Arnold; täglich von 3—4 Uhr.

Cursus der pathologischen Histologie: Derselbe; 2mal wöchentlich von 4—6 Uhr.

Cursus der normalen Histologie: Dr. Frommann; 3mal wöchentlich von 2—4 Uhr.

Sectionscursus: Prof. J. Arnold.

Leiten der Arbeiten im pathologischen Institute: Derselbe.

Allgemeine Pathologie und Therapie: Professor v. Dusch; 3mal wöchentlich von 4—5 Uhr.

Specielle Pathologie und Therapie, II. Theil (Krankheiten der Digestionsorgane und des Nervensystems): Hofr. Friedreich; an den 5 ersten Wochentagen von 12—1 Uhr.

Specielle Pathologie des Nervensystems: Professor Erb; 2—3mal wöchentlich.

Ueber die epidemische Cholera: Prof. v. Dusch; 1mal wöchentl. publice.

Cursus der physikalischen Diagnostik: Prof. Erb; 3mal wöchentl.

Elektrotherapie, theoretisch-praktischer Cursus: Derselbe; 3 bis 4mal wöchentlich.

Psychiatrie: Dr. Fischer; 2mal wöchentlich.

Allgemeine Chirurgie: Dr. Fehr; 3mal wöchentlich.

Allgemeine Chirurgie: Dr. Lossen; 5mal wöchentlich in noch zu bestimmenden Stunden.

Einzelne Kapitel aus der speciellen Chirurgie: Dr. Pagenstecher. 2mal wöchentlich.

Gynäkologischer Cursus, verbunden mit practischen Uebungen: Hofrath Simon; 3mal wöchentlich in noch zu bestimmenden Stunden.

Chirurgischer Operationscursus: Derselbe; von 5—7 Uhr.

Systematische Augenheilkunde: Prof. Becker; 4mal wöchentlich von 5—6 Uhr.

Augenoperationscursus: Derselbe; Montag, Dienstag, Donnerstag und Freitag von 4—5 Uhr.

Theoretisch-praktischer Cursus über Ohrenheilkunde: Prof. Moos; 4mal wöchentlich.

Theoretische Geburtshülfe (nach eigenem Lehrbuche): Geh. Hofrath Lange; täglich von 4—5 Uhr.

Geburtshülflicher Operationscursus: Derselbe; Freitag und Samstag Morgens von 7—8½ Uhr.

Medicinische Klinik: Hofrath Friedreich; 6mal wöchentlich von 10—11½ Uhr.

Medicinische Poliklinik: Professor v. Dusch; 6mal wöchentlich von 10—11½ Uhr.

Chirurgische Klinik: Hofrath Simon; 6mal wöchentlich von 8½ bis 10 Uhr.

Geburtshülfliche Klinik: Geh. Hofrath Lange; an den ersten 4 Wochentagen von 7½—8½ Uhr u. bei vorkommenden Geburten.

Augenklinik: Prof. Becker; Montag, Mittwoch und Freitag von 11½—1 Uhr.

Klinische Vorträge über Kinderkrankheiten mit Benutzung der Luisen-Heilanstalt: Prof. Oppenheimer; 2mal wöchentlich.

Klinische Vorlesungen mit Benutzung der Privatklinik für chirurgische und Frauenkrankheiten: Prof. v. Chelius; täglich um 9 Uhr.

Gerichtliche Medicin: Prof. Knauff; 3mal wöchentlich.

Privatissimum über chirurgische Anatomie: Dr. Fehr.

b. Naturwissenschaftliche Fächer.

Organische Experimentalchemie: Prof. Delffs; an den 5 ersten Wochentagen von 8—9 Uhr.

Practische Uebungen im chemischen Laboratorium: Derselbe; an den 5 ersten Wochentagen.

IV. Zur philosophischen Facultät
gehörige Lehrgegenstände.
A. Philosophische Wissenschaften.

Logik und Encyklopädie nebst Einleitung in die Philosophie nach seinem Lehrbuche: „System der Logik" (Wien bei Wilhelm Braunmüller, 1870): Prof. Frhr. v. Reichlin-Meldegg; Montag, Dienstag, Mittwoch und Donnerstag von 10—11 Uhr.

8

Logik: Prof. Stoy; Mittwoch bis Freitag von 7—8 Uhr.
Psychologie: Hofrath Zeller; Montag bis Freitag von 7—8 Uhr.
Rechtsphilosophie: Derselbe; Montag bis Freitag von 4—5 Uhr.
Geschichte der Philosophie: Dr. K. Frhr. v. Reichlin-Meldegg;
  in 4 noch zu bestimmenden Stunden.
Geschichte der neueren und neuesten Philosophie in kürzester Ueber-
  sicht: Dr. Caspari; Dienstag von 9—10 Uhr.
Geschichte und Kritik des Materialismus mit Rücksicht auf die
  Entwicklung der Naturwissenschaft nebst Einleitung in die aca-
  demischen Studien: Derselbe; Freitag von 9—10 Uhr.
Aesthetische Vorlesungen über den ersten und zweiten Theil von
  Göthe's Faust, nebst einer Einleitung über die Faustsage und
  ihre dichterischen Bearbeitungen: Prof. Frhr. v. Reichlin-
  Meldegg; Montag, Dienstag, Mittwoch und Donnerstag von
  5—6 Uhr.
Pädagogik: Prof. Stoy; Mittwoch bis Freitag von 12—1 Uhr.
Gymnasialpädagogik (Fortsetzung): Prof. Köchly; Freitag von
  11—12 Uhr.
Psychologisch-pädagogische Uebungen: Prof. Stoy; Mittwoch und
  Freitag von 11—12 Uhr.
Privatissima über alle Theile der Philosophie: Prof. Frhr. v.
  Reichlin-Meldegg.

B. Philologie und Alterthumskunde.

Arabische Sprache nebst Erklärung der Chrestomathie von Arnold:
  Prof. Weil; 2mal wöchentlich.
Arabische Grammatik und Autoren: Dr. Thorbecke; 3mal
  wöchentlich.
Persische Grammatik: Derselbe; 2mal wöchentlich.
Syrische Grammatik: Derselbe; 2mal wöchentlich.
Erklärung des Koran's oder der Makamen Hariri's: Prof. Weil;
  2mal wöchentlich.
Persische Sprache, nebst Erklärung der Chrestomathie von Spiegel:
  Derselbe; 2 Stunden wöchentlich.
Erklärung der türkischen Chrestomathie von Wickerhauser: Der-
  selbe; 2mal wöchentlich.
Privatissima über hebräische, arabische, aramäische, persische und
  türkische Sprache und Literatur: Derselbe.
Sanskrit: Grammatik mit Interpretationsübungen: Prof. Lef-
  mann; Dienstag, Donnerstag und Freitag von 7—8 Uhr.
Erklärung ausgewählter hieroglyphischer und hieratischer Texte:
  Dr. A. Eisenlohr; 2mal wöchentlich.
Anleitung zum lateinischen Styl mit wöchentlichen schriftlichen
  Uebungen in demselben: Geh. Hofrath Bähr; Montags von
  8—9 Uhr.
Erklärung von Plautus' Pseudulus mit lateinischen Stylübungen:
  Professor Kayser; 2mal wöchentlich.
Erklärung der Briefe des Horatius: Dr. Le Beau.
Lateinische Stylübungen: Derselbe.

Griechische Grammatik vom Standpunkte der vergleichenden Sprachforschung: Prof. Lefmann; Dienstag bis Freitag von 4—5 Uhr.

Vergleichende Mythologie der indogermanischen Völker, besonders der alten Inder, Griechen und Deutschen: Derselbe; 3mal wöchentlich.

Erklärung der Wolken des Aristophanes: Geh. Hofrath Bähr; Dienstag und Mittwoch von 8—9 Uhr.

Lateinische Interpretation und kritische Analyse der Werke und Tage Hesiod's: Prof. Köchly; Mittwoch, Donnerstag und Freitag von 9—10 Uhr.

Erklärung von Platon's Symposion: Professor Stark; Montag, Dienstag von 9—10 Uhr und Samstag von 8—9 Uhr.

Erklärung von Aristophanes' Rittern: Dr. Le Beau.

Geschichte der griechischen Historiographie: Professor Köchly; Dienstag bis mit Freitag von 10—11 Uhr.

Metrik: Prof. Kayser; 4mal wöchentlich.

Griechische Metrik mit Erklärung von ausgewählten Oden Pindars: Dr. Hofman; 2mal wöchentlich.

Kunst- und Culturgeschichte des Alterthums vom Perikleischen Zeitalter bis auf Constantin den Grossen (Archäologie der Kunst, zweiter Theil): Prof. Stark; Montag und Dienstag von 7—8 Uhr, Donnerstag und Freitag von 8—9 Uhr.

Deutsche Mythologie: Hofrath Bartsch; Montag, Freitag und Samstag von 12—1 Uhr.

Ulfilas, mit literarischer und grammatischer Einleitung: Derselbe; Dienstag und Donnerstag von 12—1 Uhr.

Historische Grammatik der französischen Sprache: Derselbe; Montag, Freitag und Samstag von 11—12 Uhr.

Privatissima in der griechischen und lateinischen Sprache und in allen philologischen Lehrfächern mit Rücksicht auf die Prüfungsordnung der Philologen; ferner in der französischen und englischen Sprache und in der deutschen Sprache besonders für Ausländer: Dr. Le Beau.

Französische Grammatik, verbunden mit Uebungen im Französisch-schreiben und -sprechen und mit besonderer Rücksicht auf die neue Prüfungsordnung der Philologen: Lector Dr. Otto; 3mal wöchentlich.

Privatissima in der französischen, englischen und deutschen Sprache: Derselbe.

Im philologischen Seminarium.

I. Im Unter-Seminarium:

Lateinische Stylübungen: Prof. Kayser; Dienstag und Freitag von 2—3 Uhr.

Griechische Schreibübungen: Derselbe; Montag von 11—12 Uhr.

Cursorische Lese- und lateinische Sprechübungen (Vergilius); Director **Köchly**; Mittwoch zwischen 11 bis 1 Uhr.

II. Im Ober-Seminarium:

Lateinische Interpretationsübungen (Horazische Oden): Director **Köchly**; Dienstag zwischen 11—1 Uhr.

Philologisch-kritische Uebungen: Professor **Kayser**, Samstag von 11—12 Uhr.

III. In beiden Abtheilungen gemeinschaftlich:

Schulmässige Erklärungsübungen (Aeschylos' Perser): Director **Köchly**; Donnerstag zwischen 11—1 Uhr.

Im archäologischen Institute:

Erklärung der Denkmäler des archäologischen Museums: Prof. **Stark**; Montag und Donnerstag von 3—4 Uhr.

Erklärung von Cicero's vierter Verrinischer Rede (de Signis): **Derselbe**; Samstag von 9—11 Uhr.

C. Historische Fächer.

Kunst- und Kulturgeschichte des Alterthums vom Perikleischen Zeitalter bis auf Constantin den Grossen (Archäologie der Kunst, zweiter Theil): Prof. **Stark**; siehe oben B. Philologie und Alterthumskunde.

Die historischen Urkunden der ägyptischen Geschichte: Dr. **A. Eisenlohr**; 2mal wöchentlich.

Geschichte des Mittelalters: Prof. **Wattenbach**; an den 5 ersten Wochentagen von 9—10 Uhr.

Griechische und lateinische Paläographie: **Derselbe**; 4mal wöchentlich von 11—12 Uhr.

Neuere deutsche Geschichte (1517—1815): Dr. **Waltz**; 2mal wöchentlich von 11—12 Uhr.

Historische Uebungen über Sleidan's Commentare: **Derselbe**; 1mal wöchentlich.

Deutsche Verfassungsgeschichte: Dr. **Scherrer**; Montag, Dienstag, Donnerstag und Freitag von 3—4 Uhr.

Erklärung der Germania des Tacitus mit Ausführungen über die Grundlagen der deutschen Gesellschaft: **Derselbe**; 2mal wöchentlich.

Versuch einer allgemeinen Entwickelungsgeschichte der Menschheit: **Derselbe**; 2mal wöchentlich.

Geschichte der deutschen Prosa von Luther bis Göthe: Dr. **Laur**; Mittwoch und Freitag von 4—5 Uhr.

Ueber Göthe's Faust: Hofr. **Bartsch**, Dienstag und Donnerstag von 4—5 Uhr.

Geschichte des preussischen Staates: Prof. v. **Treitschke**; an den 5 ersten Wochentagen um 3 Uhr.

Italienische Geschichte von Theodorich bis zur Gegenwart: **Derselbe**; 2mal wöchentlich.

Ueber das Zeitalter Ludwig's des Vierzehnten: Dr. Gaedeke;
2mal wöchentlich an noch zu bestimmenden Tagen.
Geschichte des Zeitalters der ersten französischen Revolution (1789
—1815): Dr. Doergens; 4mal wöchentlich.
Ueber die Staatsverträge im Zeitalter des zweiten Empire: Derselbe; 2mal wöchentlich.
Lectüre Montesquieu's oder Tocqueville's: Derselbe.
Geschichte der französischen National-Literatur: Dr. Laur; Dienstag und Donnerstag von 4—5 Uhr.

D. Mathematische Wissenschaften.

Elementararithmetik: Prof. Cantor: 2mal wöchentlich.
Arithmetik, II. Theil (Combinationslehre mit Anwendungen, höhere
Reihen und höhere Gleichungen): Prof. Rummer; Dienstag,
Donnerstag und Samstag von 7—8 Uhr.
Wahrscheinlichkeitsrechnung, besonders mit Bezug auf Ausglei-
chung der Beobachtungsfehler: Dr. F. Eisenlohr; 3mal
wöchentlich.
Stereometrie mit Anwendungen: Prof. Rummer; Mittwoch und
Freitag von 8—9 Uhr.
Ebene und sphärische Trigonometrie, sowie Polygonometrie: Der-
selbe; Montag, Mittwoch und Freitag von 7—8 Uhr.
Theorie der bestimmten Integrale: Prof. Cantor; 4mal wöchentl.
Algebra der linearen Transformationen (Invariantentheorie): Dr.
Nöther; 3mal wöchentlich.
Einleitung in die höhere Analysis: Prof. Königsberger; Mon-
tag, Dienstag, Donnerstag und Freitag von 10—11 Uhr.
Theorie der elliptischen Functionen: Derselbe; Montag, Diens-
tag, Mittwoch, Donnerstag und Freitag von 12—1 Uhr.
Synthetisch- und analytisch-geometrische Uebungen: Dr. Nöther;
in noch zu bestimmenden Stunden.
Darstellende Geometrie mit Anwendungen: Prof. Rummer; 4mal
wöchentlich.
Praktische Geometrie mit Excursionen: Derselbe; Samstag von
3—5 Uhr.
Mechanik: Dr. F. Eisenlohr; 4mal wöchentlich.
Die Uebungen im mathematischen Unter- und Ober-Seminar leitet
Prof. Königsberger; Mittwoch von 5—7 Uhr.

E. Naturwissenschaften.

Experimentalphysik: Geh. Rath Kirchhoff; täglich von 11
bis 12 Uhr.
Theoretische Physik (Fortsetzung): Derselbe; Dienstag und Frei-
tag von 2—3 Uhr.
Die Uebungen im physikalischen Seminar leitet Derselbe.
Repetitorium für Physik: Prof. Horstmann; 2mal wöchentlich.
Theoretische Chemie: Derselbe; 2mal wöchentlich.
Experimentalchemie: Geh. Rath Bunsen; 6mal wöchentlich um
9 Uhr.

Die praktisch-chemischen Uebungen im Laboratorium leitet Der-
selbe an den 5 ersten Wochentagen.
Organische Experimentalchemie: Prof. Delffs; an den 5 ersten
Wochentagen von 9—10 Uhr.
Praktische Uebungen im chemischen Laboratorium: Derselbe;
an den 5 ersten Wochentagen.
Angewandte Krystallographie, mit Uebungen im Bestimmen und
Zeichnen von Krystallen: Geh. Hofrath Kopp; Dienstag,
Donnerstag und Freitag von 10—11 Uhr und Mittwoch von
2—5 Uhr.
Organische Experimentalchemie: Prof. Bornträger; Montag bis
Freitag von 8—9 Uhr.
Die praktisch-chemischen Uebungen im Laboratorium leitet Der-
selbe an den 5 ersten Wochentagen.
Privatissima über Chemie und Pharmacie: Derselbe.
Organische Experimentalchemie: Prof. Lossen; Montag bis mit
Freitag von 8—9 Uhr.
Praktische Uebungen im chemischen Laboratorium: Derselbe;
an den 5 ersten Wochentagen.
Organische Experimentalchemie: Dr. Ladenburg; an den 5
letzten Wochentagen von 7—8 oder von 8—9 Uhr.
Praktische Uebungen im Laboratorium: Derselbe; täglich.
Agriculturchemie, I. Theil. Ernährung der chlorophyllführenden
Organismen, Dr. Mayer; 3mal wöchentlich von 10—11 Uhr.
Technische Chemie der Metalle: Dr. Rose; 3mal wöchentlich.
Geschichte der Chemie: Geh. Hofrath Kopp; Mittwoch und Sams-
tag von 10—11 Uhr.
Allgemeine Zoologie: Prof. H. A. Pagenstecher; Mittwoch und
Samstag von 7—8 Uhr Morgens.
Vergleichende Anatomie: Derselbe; Montag, Dienstag, Donners-
tag und Freitag von 7—8 Uhr Morgens.
Zootomische Uebungen: Derselbe; an den fünf ersten Wochen-
tagen.
Paläontologische Uebungen: Prof. Benecke; in zu verabreden-
den Stunden.
Allgemeine und specielle Botanik: Prof. Hofmeister; an den 5
ersten Wochentagen von 5—6 Uhr.
Praktische Uebungen in der Phytotomie und im Gebrauche des
Mikroskops: Derselbe; an den 5 ersten Wochentagen von
von 3—5 Uhr.
Botanik, mit Berücksichtigung der für Mediciner und Pharma-
ceuten wichtigen Pflanzenfamilien (mit Demonstrationen und
Excursionen): Dr. Müller; 4mal wöchentlich von 7—8 Uhr
Morgens.
Pflanzenphysiologie mit Experimenten: Derselbe; 2mal wöchentl.
Mikroskopischer Demonstrationscursus mit dem Bildmikroskop:
Derselbe; 1mal wöchentlich (für seine Zuhörer gratis).
Praktische Uebungen im Pflanzenbestimmen: Derselbe; 1mal
wöchentlich, zweistündig.
Pflanzenphysiologisches Praktikum: Derselbe; 4mal wöchentl.

Oryktognosie oder specielle Mineralogie, nach seinem Lehrbuche der Oryktognosie (3. Aufl.): Hofrath **Blum**; an den 4 ersten Wochentagen von 8—9 Uhr.

Mineralogie, nach seinen „Grundzügen der Mineralogie" Prof. **Leonhard**; 4mal wöchentlich von 7—8 Uhr.

Mineralogie: Prof. **Fuchs**; an den 3 ersten Wochentagen von 12—1 Uhr.

Gesteinskunde, nach seinem „Handbuche der Lithologie": Hofrath **Blum**; Freitag und Samstag von 8—9 Uhr.

Geognosie und Geologie, nach seinen „Grundzügen der Geognosie und Geologie": Prof. **Leonhard**; 4mal wöchentlich von 10 bis 11 Uhr.

Geognosie und Geologie: Prof. **Fuchs**; Donnerstag, Freitag und Samstag von 12—1 Uhr.

Geognosie: Prof. **Benecke**; 4mal wöchentlich.

Praktische Uebungen im Bestimmen einfacher Mineralien: Hofr. **Blum**; Samstag von 2—3 Uhr.

Praktische Uebungen im Bestimmen der Mineralien durch das Löthrohr: Prof. **Fuchs**; Freitag von 2—4 Uhr.

Krystallkunde. II. Theil: Anleitung zu krystallographisch-optischen Untersuchungen: Dr. **Klein**; in zu bestimmenden Stunden.

Petrographie: Dr. **Cohen**; 3mal wöchentlich.

Petrographisches Praktikum: **Derselbe**; 1mal wöchentlich.

Privatissima über Mineralogie und Geognosie: Prof. **Leonhard**.

F. Staats- und Cameralwissenschaften.

Nationalökonomie: Geh. Rath **Knies**; täglich von 7—8 Uhr.

Verwaltungslehre (Lehre von der inneren Staatsverwaltung) mit Einschluss der Polizeiwissenschaft: **Derselbe**; Montag, Mittwoch und Freitag von 8—9 Uhr.

Politik: Geh. Rath **Bluntschli**; täglich von 10 bis 11 Uhr.

Statistik: Geh. Rath **Knies**; Dienstag, Donnerstag und Samstag von 8—9 Uhr.

Staatswissenschaftliche Uebungen: **Derselbe**; siehe staatswissenschaftliches Seminar.

Staatswissenschaftliches Seminar.

Geh. Rath **Bluntschli** wöchentlich 2 Stunden.
  a. Exegese der Preussischen und der Deutschen Reichs-Verfassung.
  b. Einzelne völkerrechtliche Fragen aus dem letzten Jahrzehnt.

Geh. Rath **Knies** wöchentlich 2 Stunden:
  a. Controversen aus der „Socialen Frage" der Gegenwart.
  b. Das moderne Bankwesen.

G. Theorie des Schönen und der schönen Künste.

Aesthetische Vorträge über Göthe's Faust: Prof. Frhr. v. **Reichlin-Meldegg**; s. oben: A. philosophische Wissenschaften.

Zum **Privat-Unterricht** erbieten sich:

In den neueren Sprachen (Deutsch, Französisch und Englisch)
Lector Dr. Otto.
In der englischen, französischen und italienischen Sprache Dr.
Jerome W. Zimmer und Dr. Deppe.
In der französischen Sprache Richard und Philippe.
In der neuhebräischen Sprache und Literatur Dr. Reckendorf.

Im *Zeichnen* und *Malen* ertheilt Unterricht Maler Schmitt.
Im *Zeichnen naturhistorischer Gegenstände* Zeichenlehrer Veith

------

In der *Musik* und im *Gesang* Musik-Director Boch.
In der *Reitkunst* gibt Unterricht in der Universitäts-Reitbahn
Stallmeister Koch.

In der *Fechtkunst* Fechtmeister Fehn.
In der *Tanzkunst* Tanzlehrer Zimmer.
In „   „   „   Lüders.

Im *Turnen* Turnlehrer Dr. Wassmannsdorff.

Verzeichniss

der

Professoren und Privatlehrer

mit

Angabe ihrer Lectionen.

I. Theologische Facultät.

Ordentliche Professoren:

Kirchenrath H i t z i g (Decan): Einleitung in die Apokryphen des A. T. — Erklärung des Buches Hiob. — Erklärung der Offenbarung des Johannes. — Uebungen im Interpretiren des Alten Testamentes.

Seminar-Director Kirchenrath S c h e n k e l: Christliche Ethik. — Homiletik, — Allgemeine Einleitung in den Beruf des evangelischen Geistlichen. — Praktische Auslegung ausgewählter Stücke des N. T. — Geschichte der Predigt, erste Hälfte, bis zur Reformation. — Homiletische Uebungen und Kritiken. — Katechetische Uebungen und Kritiken.

Prof. G a s s: Allgemeine Geschichte der christlichen Kirche, dritter Theil. — Symbolik. — Kirchen- und dogmen-historische Uebungen.

Prof. H o l t z m a n n: Einleitung in das N. T. — Erklärung der Pastoralbriefe. — Ueber das Wesen der Religion. — Katechetische Uebungen und Kritiken. — Die Lehre vom Volksschulwesen, mit Einführung in die Volksschule.

Prof. H a u s r a t h: Erklärung des Römerbriefes. — Allgemeine Geschichte der christlichen Kirche, erster Theil. — Neutestamentliche Interpretirübungen

Ausserordentlicher Professor:

Prof. P i e r s o n: Methode und allgemeine Resultate der Naturwissenschaften in ihrer Bedeutung für dogmatische Fragen. -- Mittheilungen und Analysen von Predigten.

Privatdocent:

Lic. S e v i n: Exegetische und kirchengeschichtliche Uebungen.

Stadtpfarrer S c h e l l e n b e r g: Kirchenrecht, mit besonderer Berücksichtigung der badischen ev.-prot. Landeskirche — Katechetische Uebungen und Kritiken. — Homiletische Uebungen und Kritiken.

II. Juristische Facultät.

Ordentliche Professoren:

Geh. Rath B l u n t s c h l i: Politik. — Staatswissenschaftliches Seminar.

Geh. Rath H e r r m a n n: Criminalrecht. — Ausgewählte strafrechtliche Lehren.

Hofrath Z ö p f l: Deutsche Staats - und Rechtsgeschichte. — Allgemeines und europäisches Völkerrecht. — Allgemeines und deutsches Staatsrecht.

Geh. Rath v. W i n d s c h e i d: Geschichte und Institutionen des römischen Rechts, mit Quelleninterpretationen.

Geh. Rath **Renaud** (Decan): Deutsches Privatrecht mit Einschluss des Lehn-,
Wechsel- und Handelsrechts, (Deutsche Wechsel-Ordnung und allge-
meines deutsches Handelsgesetzbuch).
Prof. **Karlowa**: Pandekten.

Ausserordentliche Professoren:

Prof. **Röder**: Rechtsphilosophie (Naturrecht). — Allgemeines Staatsrecht
(Verfassungs- und Verwaltungsrecht) und Politik. — Ueber das Ge-
fängnisswesen.
Prof. **Vering**: Pandekten (mit Einschluss des Erbrechts). — Kirchenrecht
der Katholiken und Protestanten.
Prof. **Sontag**: Encyklopädie und Methodologie der Rechtswissenschaft. —
Strafrecht. — Strafprozess.
Prof. **Asher**: Mit Urlaub abwesend.
Prof. **Brie**: Encyklopädie und Methodologie der Rechtswissenschaft. —
Deutsche Staats- und Rechtsgeschichte. — Staatsrecht des deutschen
Reichs.

Privatdocenten:

Dr. **Strauch**: Encyklopädie und Methodologie der Rechtswissenschaft. —
Völkerrecht.
Dr. **Dochow**: Kirchenrecht der Katholiken und Protestanten. — Straf-
prozess. — Privatissima und Examinatorien über alle Rechtstheile.
Dr. **Schott**: Handelsrecht, mit Einschluss des Wechsel-, See- und Ver-
sicherungsrechts. — Pandekten-Repetitorium und Praktikum.

III. Medicinische Facultät.

Ordentliche Professoren:

Geh. Hofrath **Arnold**: Anatomie des Menschen, zweiter Theil. — Anatomie
des Fötus.
Geh. Hofrath **Lange**: Theoretische Geburtshülfe. — Geburtshülflicher
Operationscursus. — Geburtshülfliche Klinik.
Prof. **Delffs** (Decan): Organische Experimentalchemie. — Praktisch-che-
mische Uebungen im Laboratorium.
Hofrath **Friedreich**: Specielle Pathologie und Therapie, zweiter Theil.
(Krankheiten der Digestionsorgane und des Nervensystems.) — Medi-
cinische Klinik.
Hofr. **Simon**: Gynäkologischer Cursus, verbunden mit praktischen Uebun-
gen. — Chirurgischer Operationscursus — Chirurgische Klinik.
Hofrath **Kühne**: Experimentalphysiologie, II. Theil — Histologie mit De-
monstrationen und Experimenten. — Praktische Uebungen im physiologischen Laboratorium.
Prof. **Becker**: Systematische Augenheilkunde. — Augenoperationscursus.
— Ophthalmologische Klinik.
Prof. v. **Dusch**: Allgemeine Pathologie und Therapie. — Ueber die epidemische Cholera. — Medicinische Poliklinik.
Prof. J. **Arnold**: Spezielle pathologische Anatomie. — Cursus der pathologischen Histologie. — Sectionscursus. — Leiten der Arbeiten im pathologischen Institute.

Ausserordentliche Professoren:

Prof. **Nuhn**: Osteologie und Syndesmologie. — Cursus der mikroskopischen
Anatomie. — Repetitorium der gesammten Anatomie des Menschen. —
Vergleichende Anatomie.
Prof. v. **Chelius**: Klinische Vorlesungen mit Benutzung der Privatklinik
für chirurgische und Frauenkrankheiten.

Prof. **Oppenheimer**: Klinische Vorträge über Kinderkrankheiten, mit Benutzung der Luisen-Heilanstalt.
Prof. **Wundt**: Physiologischer Experimentalcursus. — Praktische Uebungen im physiologischen Laboratorium.
Prof. **Moos**: Theoretisch-praktischer Cursus über Ohrenheilkunde.
Prof. **Knauff**: Gerichtliche Medicin.
Prof. **Erb**: Cursus der physikalischen Diagnostik. — Elektrotherapie, theoretisch-praktischer Curs. — Specielle Pathologie des Nervensystems.

Privatdocenten:

Dr. **Fehr**: Allgemeine Chirurgie. — Privatissimum über chirurgische Anatomie.
Dr. **Frommann**: Histologie. — Cursus der normalen Histologie.
Dr. **Pagenstecher**: Einzelne Kapitel aus der speciellen Chirurgie.
Dr. **Lossen**: Allgemeine Chirurgie.
Dr. **Fischer**: Psychiatrie.

IV. Philosophische Facultät.

Ordentliche Professoren:

Geh. Hofrath **Bähr**: Anleitung zum latein. Styl, verbunden mit wöchentlichen schriftlichen Uebungen. — Erklärung der Wolken des Aristophanes.
Prof. Frhr. v. **Reichlin-Meldegg**: Logik und Encyklopädie nebst Einleitung in die Philosophie. — Aesthetische Vorträge über den ersten und zweiten Theil von Göthe's Faust. — Privatissima über alle Theile der Philosophie.
Geh. Rath **Bunsen**: Experimentalchemie. — Leitung der praktisch-chemischen Arbeiten.
Hofrath **Zeller**: Psychologie. — Rechtsphilosophie.
Prof. **Köchly**: Geschichte der griechischen Historiographie. — Lateinische Interpretation und kritische Analyse der Werke und Tage Hesiod's. — Gymnasialpädagogik. — Cursorische Lese- und lateinische Sprechübungen (Vergilius). — Lateinische Interpretationsübungen (Horazische Oden). — Schulmässige Erklärungübungen (Aeschylos' Perser).
Geh. Hofrath **Kopp**: Angewandte Krystallographie mit Uebungen im Bestimmen und Zeichnen von Krystallen. — Geschichte der Chemie.
Geh. Rath **Kirchhoff**: Experimentalphysik. — Theoretische Physik. — Physikalisches Seminar.
Geh. Rath **Knies**: Nationalökonomie. — Statistik. — Verwaltungslehre (Lehre von der innern Staatsverwaltung) mit Einschluss der Polizeiwissenschaft. — Staatswissenschaftliches Seminar.
Prof. **Stark**: (Decan): Kunst- und Culturgeschichte des Alterthums vom Perikleischen Zeitalter bis auf Constantin den Grossen (Archaeologie der Kunst, zweiter Theil). — Erklärung von Platon's Symposion. — Erklärung der Denkmäler des archäologischen Museums. — Erklärung von Cicero's vierter Verrinischer Rede (de Signis).
Hofr. **Blum**: Oryktognosie oder specielle Mineralogie. — Gesteinskunde. — Praktische Uebungen im Bestimmen einfacher Mineralien.
Hofrath **Bartsch**: Deutsche Mythologie. — Historische Grammatik der französischen Sprache. — Ueber Göthe's Faust. — Ulfilas, mit literarischer und grammatischer Einleitung.
Prof. **Weil**: Arabische Sprache nebst Erklärung der Chrestomathie von Arnold. — Erklärung des Korans oder der Makamen des Hariri. — Erklärung der türkischen Chrestomathie von Wickerhauser. — Persische Sprache nebst Erklärung der Chrestomathie von Spiegel. — Privatissima über hebräische, arabische, aramäische, persische und türkische Sprache und Literatur.
Prof. **Wattenbach**: Geschichte des Mittelalters. — Griechische und lateinische Paläographie.

Prof. **Hofmeister**: Allgemeine und specielle Botanik. — Praktische Uebungen in der Phytotomie und im Gebrauche des Mikroskops.

Prof. **Kayser**: Metrik. — Erklärung von Plautus' Pseudulus mit lateinischen Stylübungen. — Lateinische Stylübungen. — Griechische Schreibübungen. — Philologisch-kritische Uebungen (Aeschylos' Perser).

Prof. **H. A. Pagenstecher**: Allgemeine Zoologie. — Vergleichende Anatomie. — Zootomische Uebungen.

Prof. **Königsberger**: Einleitung in die höhere Analysis. — Theorie der elliptischen Functionen. — Leitung der Uebungen im mathematischen Unter- und Ober-Seminar.

Prof. **v. Treitschke**: Geschichte des preussischen Staates. — Italienische Geschichte von Theodorich bis zur Gegenwart.

Professor honorarius:

Prof. **Stoy**: Logik. — Pädagogik. — Psychologisch-pädagogische Uebungen

Ausserordentliche Professoren:

Prof. **Leonhard**: Mineralogie. — Geognosie und Geologie. — Privatissima über Mineralogie und Geognosie.

Prof. **Bornträger**: Organische Experimentalchemie. — Praktisch-chemische Uebungen im Laboratorium. — Privatissima über Chemie und Pharmacie.

Prof. **Cantor**: Elementar-Arithmetik. — Theorie der bestimmten Integrale.

Prof. **Rummer**: Arithmetik, zweiter Theil. — Stereometrie. — Ebene und sphärische Trigonometrie und Polygonometrie. — Praktische Geometrie. — Darstellende Geometrie mit ihren Anwendungen.

Prof. **Fuchs**: Mineralogie. — Geognosie und Geologie. — Praktische Uebungen im Bestimmen der Mineralien.

Prof. **Benecke**: Geognosie. — Paläontologische Uebungen.

Prof. **Lossen**: Organische Experimental-Chemie. — Praktische. Uebungen im chemischen Laboratorium.

Prof. **Lefmann**: Sanskrit. — Griechische Grammatik vom Standpunkte der vergleichenden Sprachforschung. — Vergleichende Mythologie der indogermanischen Völker, besonders der alten Inder, Griechen und Deutschen.

Prof. **Horstmann**: Theoretische Chemie. — Repetitorium für Physik.

Privatdocenten:

Dr. **Hofman**, K. R. Prof. a. D.: Griechische Metrik.

Dr. **F. Eisenlohr**: Mechanik. — Wahrscheinlichkeitsrechnung.

Dr. **Le Beau**: Erklärung der Briefe des Horatius. — Erklärung von Aristophanes' Rittern. — Lateinische Stylübungen. — Privatissima in der griechischen und lateinischen Sprache und in allen philologischen Lehrfächern mit Rücksicht auf die Prüfungsordnung für Philologen; ferner in der französischen und englischen Sprache, und in der deutschen Sprache besonders für Ausländer.

Dr. **Reiss**: Mit Urlaub abwesend.

Dr. **Scherrer**: Deutsche Verfassungsgeschichte bis in's Zeitalter der Refomation. — Interpretation der Germania des Tacitus. — Versuch einer Entwickelungsgeschichte der Menschheit.

Dr. **K. Frhr. v. Reichlin-Meldegg**: Geschichte der Philosophie.

Dr. **Müller**: Botanik. — Pflanzenphysiologie. — Praktische Anleitung im Pflanzenbestimmen. — Mikroskopischer Demonstrationscursus mit dem Bildmikroskop. — Physiologisches Praktikum.

Dr. **Doergens**: Geschichte des Zeitalters der ersten französischen Revolution (1789—1815). — Ueber die Staatsverträge im Zeitalter des zweiten Empire. — Lectüre Montesquieu's oder Tocqueville's.

Dr. **Thorbecke**: Arabische Grammatik und Autoren. — Persische Grammatik. — Syrische Grammatik.

Dr. **Ladenburg**: Organische Experimentalchemie. — Praktische Uebungen im chemischen Laboratorium.

Dr. **Mayer**: Agriculturchemie, erster Theil: Ernährung der chlorophyll-führenden Organismen.

Dr. **Waltz**: Neuere deutsche Geschichte (1517—1815). — Historische Uebungen über Sleidan's Commentare.

Dr. **A. Eisenlohr**: Erklärung ausgewählter hieroglyphischer und hieratischer Texte. — Die historischen Urkunden der ägyptischen Geschichte.

Dr. **Laur**: Geschichte der französischen National-Literatur. — Geschichte der deutschen Prosa von Luther bis Göthe.

Dr. **Klein**: Krystallkunde. Zweiter Theil: Anleitung zu krystallographisch-optischen Untersuchungen.

Dr. **Caspari**: Geschichte und Kritik des Materialismus, mit Rücksicht auf die Entwicklung der Naturwissenschaft, nebst Einleitung in die academischen Studien. — Geschichte der neueren und neuesten Philosophie.

Dr. **Gaedeke**: Ueber das Zeitalter Ludwig's XIV.

Dr. **Noether**: Algebra der linearen Transformationen (Invariantentheorie). — Synthetisch- und analytisch-geometrische Uebungen.

Dr. **Wörmann**: Mit Urlaub abwesend.

Dr. **Woltmann**, Professor am Polytechnicum in Carlsruhe: Mit Urlaub abwesend.

Dr. **Rose**: Technische Chemie der Metalle.

Dr. **Cohen**: Petrographie. — Petrographisches Praktikum.

Lector Dr. **Otto**: Französische Grammatik. — Privatissima in der englischen, französischen und deutschen Sprache.

Die zur Universität gehörigen Anstalten, nämlich die archäologische Sammlung, das Modellcabinet, das physikalische Cabinet, die chemischen Laboratorien, das zoologische Cabinet, der botanische Garten — phyto-physiologisches Institut und Herbarium —, die im Grossherzogl. Schlossgarten angelegten forstwirthschaftlichen Plantagen, die Mineraliensammlung, das anatomische Theater und die Kliniken für Medicin, Chirurgie, Geburtshülfe und Augenheilkunde, werden nicht nur bei den Vorlesungen benutzt, sondern können auch ausserdem auf Anmelden bei den Vorstehern derselben von Reisenden gesehen werden.

Die archäologische Sammlung (Augustinergasse Nr. 7 ebener Erde) ist Mittwoch und Samstag von 11—1 Uhr, das zoologische

Cabinet (im Anatomiegebäude) Samstag von 2—4 Uhr, das Mineraliencabinet (im Friedrichsbau) Mittwoch und Samstag von 2—4 Uhr dem Publikum geöffnet.

Die Universitäts-Bibliothek ist Mittwoch und Samstag von 2—4 Uhr, an den übrigen Wochentagen von 10—12 Uhr geöffnet. Ueber die bei dem Verleihen stattfindenden Bedingungen gibt der gedruckte Anhang der akademischen Vorschriften Auskunft.

———

Buchhandlung von Karl Groos in Heidelberg.